CB027176

Nathallia
Protazio

Duas Vanusas

Coleção Narrativas Porto-Alegrenses

Porto Alegre
2025

www.editoracoragem.com.br
contato@editoracoragem.com.br
(51) 98014.2709

Projeto editorial: Thomás Daniel Vieira.
Coordenação geral da coleção: Luís Augusto Fischer.
Preparação de texto e revisão final: Nathália Boni Cadore.
Capas: Cintia Belloc.

Porto Alegre, Rio Grande do Sul.
Verão de 2025.

Dados Internacionais de Catalogação na Publicação (CIP)

P967d Protazio, Nathallia

Duas Vanusas / Nathallia Protazio. – Porto Alegre: Coragem, 2025.
96 p. : il. – (Coleção Narrativas Porto-Alegrenses; v. 7)

Publicada originalmente em formato de folhetim na Revista Parêntese
ISBN: 978-65-85243-42-1

1.Novela – Literatura brasileira. 2. Literatura brasileira. 3. Novela.
4. Narrativas – Literatura. I. Título. II. Série.

CDU: 869.0(81)-32

Bibliotecária responsável: Jacira Gil Bernardes – CRB 10/463

Esta novela foi publicada originamente em formato de folhetim na Revista Parêntese. A coleção narrativas-portoalegrenses é uma parceria da Editora Coragem e o Grupo Matinal Jornalismo.

DUAS VANUZAS

Nunca ninguém acariciou uma
cabeça de galinha.

Clarice Lispector

CAPÍTULO 1
A GALINHA

O nome dela bem que podia ser Vanusa. Eu gosto de Vanusa.

Tá doida? Vanusa não, que a tia não vai gostar.

Por que, mano?

Porque é o nome da tia.

Mas não existe só uma Vanusa no mundo.

Claro que não.

Olha aí.

Mas ela não vai gostar de dar o nome dela assim.

Mas o nome não é dela.

Claro que é, se ela se chama Vanusa o nome é de quem?!

Mas ela tem uma carinha tão de Vanusa.

Como ela pode ter uma cara de Vanusa? É uma galinha.

Não sei. Eu olho pra ela e só penso nisso.

Não. Vou escolher outro!

Mas eu gosto mais desse.

Eu nem falei nada ainda…

Eu sei que vou gostar mais desse igual.

Alice. Alice é um nome bom pra ela.

Alice não. Ela não parece Alice.

Por quê?

Olha pra ela.

Alice é melhor que Vanusa.

Vanusa é a cara dela.

Não dá. Se a tia fica sabendo…

Por favor, mano, deixa. Se a tia descobre ela não vai zangar.

Como você sabe?

Ué... todo mundo gosta de galinha.

Talvez Verônica tivesse razão. Todo mundo gosta de galinha. As duas crianças não sabiam de onde ela tinha surgido. Porém, isso parecia não incomodar. Criança é assim, apesar de pensar na origem das coisas, elas não se importam muito se foi deus ou uma explosão. A única coisa que importava naquele momento era a galinha. Vanusa, como foi enfim batizada, por insistência de Verônica e generosidade de Pedro, chegou no meio da madrugada. Enquanto eles dormiam, inocentes da semana que teriam pela frente, ela deve ter pulado alguns muros, peregrinando pelos quintais da Lopo Gonçalves na Cidade Baixa. Já viu uma galinha voar? É um acontecimento meio bizarro, mistura de algo natural por ser ave, mas desesperado por lhe faltar aerodinâmica. Um animal realmente criado para ser comida, onde lhe faltam asas sobram-lhe peitos, coxas e miúdos. Seja como for, por acaso ou destino — dependendo apenas da fé de cada um —, Vanusa fugiu e ali naquela manhã fria de agosto era mais uma vez adotada.

O acontecimento não poderia ter vindo num dia mais inoportuno. Já se preparavam pra um sábado inteiro de espera pro almoço de domingo com a tia, quando ainda durante o café da manhã a mãe avisou:

A tia de vocês vem hoje.

Hoje?

Isso. Eu vou precisar viajar uns dias e ela vem pra cuidar de vocês.

Você vai viajar, mãe?

Vou. Tenho que ir.

Pra onde? Vai encontrar o pai?

Vou.

A gente pode ir junto?

Não. Preciso ir ver o pai de vocês sozinha.

Por quê? Por que a gente não pode ir também?

Agora não pode. Assim que der todo mundo se encontra, tá?

Mas eu tô com saudade. Eu também tô com saudade do pai.

Ele também está com saudades de vocês, mas agora não dá e vocês vão ficar com a tia Vanusa e vão se comportar direitinho, tão me ouvindo?

Antes da pandemia, a tia Vanusa almoçava todo domingo com eles. No início da quarentena eles ficaram cinco meses sem se ver. Cinco meses na cabeça de um adulto é um período fragmentado em semanas, compromissos mensais, tentativas para dar ordem àquilo que nunca se organiza: a vida. Cinco meses na cabeça de uma criança é um tempão. É eterno, já que não se lembram onde começa e nem sabem onde termina. A primeira visita foi há duas semanas. Apesar da tia ter passado e repassado o protocolo de afastamento por videochamada algumas vezes, incluindo na véspera, não teve jeito. Rolou abraço, beijo, chororo de saudade, colo, história antes de dormir, café da manhã com bolinho de chuva e pipoca no fim da tarde. Um fim de semana pra aguentar mais um período.

Quando a tia se despediu não imaginava que voltaria tão cedo. Tantos meses separados e agora quinze dias depois um novo encontro. Apesar da vontade, preferiu não perguntar nada pra irmã. Se ela precisava que ela ficasse com as crianças, ela ficaria. As explicações eram desnecessárias. A vida delas sempre foi mais entrelaçada do que era possível imaginar. Amar sua irmã, sua família, para Vanusa não era uma escolha. O amor de tia foi uma das três maiores experiências de sua vida. Quando viu Pedro pela primeira vez na maternidade, ela foi tomada por uma sensação de completude misturada com uma angústia tão grande, jamais sentida. Chorou compulsivamente. Uma extensão de si mesma. Ele havia saído de dentro de sua irmã. Uma parte de si alheia à sua existência. Nunca havia imaginado amar alguém assim, antes mesmo de conhecê-lo. Antes de saber quais seriam suas qualidades, opiniões, queixas, valores. Pedro ainda seria, e ela já o amava. Só foi além com o nascimento de Verônica, cujo nome ela mesma escolheu. Virou madrinha.

Agora, com sete e quatro anos de idade, lá estavam as duas crianças, acocoradas no pátio, ele abraçando os joelhos, ela com um graveto na mão, ambos encarando a galinha sem saber o que fazer com a visita de duas Vanusas no mesmo dia.

CAPÍTULO 2
PEDRO

Mamãe saiu assim que a tia Vanusa chegou. Mal se falaram. Acho que tava com pressa. Eu e Verô ficamos no pátio sem saber muito o que fazer. Ouvi os passos dela e o som das rodinhas da mala. Acho que é grande pelo barulho que faz. O que será que ela trouxe? Um presente? Brinquedo? Não gosto de ganhar roupa, gosto de brinquedo, a mana também. Eu estava muito querendo saber o que era, mas não conseguia soltar meus joelhos e entrar dentro de casa. Não sei por que não consegui me mexer. Talvez eu fiquei tanto tempo desse jeito que meus braços viraram pedra. Fiquei com medo. Mexi os ombros e meu corpo se mexeu. Ufa. Não sou uma pedra. Ainda bem. Tentei levantar, mas não consegui de novo. Acho que minhas mãos se colaram e por isso não solta. Fiquei com mais medo ainda e tentei me soltar. Caí sentado pra trás e machuquei um pouco quando bati as mãos no chão. Assustei a Vanusa, que resolveu ir ciscar mais no fundo do pátio. Ai. Tirei umas pedrinhas pequenininhas que se enfiaram na minha mão e fiquei com vontade de chorar.

Bem nessa hora tia Vanusa nos chamou da porta da cozinha e nem eu nem Verô respondemos. Acho que a mana estava querendo chorar também, mas não vi se chorou porque ela olhou pro chão se escondendo. A tia veio e se sentou no meio de nós dois. Ficamos um tempão em silêncio. Não sei por que a tia não falou nada, achei que as pessoas grandes sempre sabiam o que falar, mas ela não falou nada. Quem sabe tia Vanusa também seja um pouco criança e também tenha medo igual a gente. Olhei pra ela. Ela estava segurando a mão da mana, olhando a galinha. Não sei se ela sabia o que fazer.

Tia, o nome dela também é Vanusa e foi a Verô que quis. Eu queria chamar a galinha de Alice e ela não deixou, essa chata.

Não sou chata nada!

É sim!

Chato é você!

Olha, o que é isso? Vão brigar agora? Nem me disseram oi nem nada e já vão brigar?

Hum.

Desculpa, tia.

Tá, deixa eu ver se eu entendi, vocês têm uma galinha e deram o meu nome pra ela?

O nome é seu, mas agora é dela também. Não tá brava né?

Tia Vanusa ficou olhando a galinha Vanusa um tempinho. Não sei o que ela tava pensando, acho que ainda não sabia se ficava brava ou não. Não sei. Daí soltou uma risada. Começou a rir muito. Verô começou a rir muito também e depois eu comecei a rir porque achei engraçado elas rindo. Tia Vanusa se levantou, rindo e balançando a cabeça, e nos chamou pra ir na feira.

Fomos trocar de roupa. Depois de ajudar a Verô com a calça dela, eu sentei no chão do quarto pra colocar minhas meias e meu sapato.

Fazia muito tempo que a gente não saía na rua, eu tava com medo e com uma vontade estranha de sair correndo. Sair correndo na rua muito rápido. Tia Vanusa abriu a sua grande mala de rodinhas e tirou uma máscara colorida pra mim e uma pra mana. A minha tinha umas bolinhas amarelas e azuis. A da Verô tinha umas bolinhas amarelas e pretas. Quase igual, só que menor. A máscara da tia também tinha bolinhas, só que era rosa. Rosa com bolinhas brancas. Eu achei muito legal a gente usar aquelas máscaras coloridas, só que às vezes apertava atrás da orelha, mas era mesmo legal.

A tia parou na porta e repetiu tudo que vinha falando o tempo todo enquanto a gente se vestia, mas que eu não tinha escutado muito.

"Nada de tocar no rosto, nas pessoas, nas coisas. Não tirem a máscara, não soltem as mãos, não corram. Não peguem nenhuma fruta; se quiserem alguma coisa, me peçam que eu compro. Ok?"

Balancei a cabeça pra ela parar de falar e abrir logo a porta porque aquele medo e aquela vontade de sair correndo estavam tão grandes que eu não sabia mais o que fazer. Ela beijou a testa da Verô por cima da máscara, eu segurei forte a mão da mana e saímos.

A rua estava meio vazia. Eu li a placa "José do Patrocínio". Tinha algumas pessoas de máscara, só que era preta ou branca. Ninguém tinha máscara colorida igual a gente. Eu vi gente sem máscara também. Um homem tinha uma barba grande, e aí eu acho que ele não precisa usar máscara por isso. Quando chegamos na feira o corredor estava bem grande. Eu li uma placa no chão "Largo Zumbi dos Palmares". As barracas de um lado ficaram longe das outras barracas. A tia tentava fazer tudo muito rápido. Eu fiquei olhando, não me lembro se falei alguma coisa, é que eu tinha que segurar a mão da mana e ela não parava de pular e pedir coisa que a tia comprava. Acho que a Verô tinha esquecido um pouco de como era a rua, porque a gente ficou muito tempo em casa. Toda hora ela me perguntava o nome das coisas e se era de comer, de usar ou de guardar.

A sacola da tia já estava cheia. Ela me deu um saco plástico pesado pra segurar. Olhei dentro, estava cheio de tomate. Tinha vermelho, vermelho escuro e uns meio verdes. Eu ia perguntar o que a gente ia fazer com aquele montão de tomate quando escutei uma mulher gritando. A tia percebeu o movimento e puxou a gente pra perto do barulho. Tia Vanusa encontrou uma amiga brigando na fila da bergamota.

Dá distância, oh filho de uma puta!

Simone, o que você está fazendo, guria? Barraco na feira?

Ai. Esse povo do caralho que não sabe esperar a vez pra pedir sua própria bergamota.

Guria, olha as crianças, segura a língua. Mas tu tem razão. Tudo vira aglomeração, né. Que coisa bem séria isso.

Sim, eu tô de quarentena fechada há meses, só saio pra vir na feira a cada quinze dias e toda vez é esse estresse.

Jura?

Sim. Me tranquei em casa, real oficial. Não vou morrer disso. Mas tô com tanta saudade da minha vida.

Nem me fale. Nunca mais samba, forrozinho, nem boteco. Tá fo... Tá difícil.

Aham.

Simone, estes são meus sobrinhos. O Pedro e a Verônica.

Oi.

Oi.

Oi.

Me diz, como é que vai você e a Cláudia?

Tudo bem. Tudo tranquilo. Ela anda trabalhando bastante.

Legal. Olha só. Eu tô indo gente, por hoje deu de feira pra mim. Foi legal conhecer vocês. Mas não tá dando. Quem sabe a gente se encontra com tempo uma hora dessas. Se cuidem. Usem álcool gel!

Quando a gente chegou em casa a tia passou álcool em tudo, até na gente. Fomos todos tomar banho e depois lavar as comidas. Eu gostei de sair na rua. Achei que a máscara me machucou um pouco, mas ela era de bolinhas coloridas. Será que a gente vai sair de novo amanhã? Será que a mamãe já chegou onde o papai tá? Será que vou ganhar um presente que a tia trouxe dentro da mala de rodinhas? Eu pensava um monte de pergunta ajudando a mana a pentear o cabelo quando tia Vanusa entrou no quarto com as mãos escondidas atrás das costas.

Adivinha o que eu tenho aqui?

CAPÍTULO 3
VERÔNICA

Eu falei pro mano que a tia Vanusa não ia zangar. Todo mundo gosta de galinha. O mano tava penteando meu cabelo porque ele disse que eu não sei sozinha. Ele sempre me manda ficar quieta. Eu sei ficar quietinha. Eu só não sei ficar quieta muito tempo. Ficar assim é chato. Eu gosto muito do mano, mas às vezes ele briga comigo. Gosto quando ele me mostra as coisas e me fala se é de comer, de guardar ou de usar. Agora eu tenho quatro anos, já sou grandinha e já sei um montão de coisas. Sei que tomate parece fruta mas não é de comer no lanche, a gente come no almoço. Que no lanche a gente come banana, bergamota e melão. E limão é fruta também, mas é de fazer suco, não de comer. Eu não acreditei e peguei um limão escondido na geladeira. Fui atrás do tanque e comi. Não era bom, mas não me deu dor de barriga igual o mano disse. Às vezes ele mente. Falou pra mamãe que eu derrubei o controle da televisão, mas não foi eu. Na verdade não foi ninguém, caiu sozinho quando eu fui sentar no sofá. Não sei. Só caiu.

O mano gosta de pentear meu cabelo. Ele faz devagar e não machuca. Quando a mamãe tá zangada ela machuca. Mas ela foi viajar porque tava muito zangada sozinha sem o papai e agora é só o mano que penteia meu cabelo. A mamãe vive zangada. A tia Vanusa não. Ela entrou no quarto com uma surpresa escondida nas costas. Eu adivinhei que era um brinquedo. Mas não era um brinquedo. Eu adivinhei que era sorvete. Que era chocolate. Que era mumu. E não era nada. Não gosto de não adivinhar certo. Adivinhei tudo errado. Fiquei com raiva. A tia deu um monte de risada e mostrou um saco cheio de bolinhas amarelas.

O que é isso, tia?

Milho.

O que é milho?

É uma semente.

O que é uma semente?

É uma coisa que a gente usa pra fazer nascer uma planta.

A gente vai fazer nascer uma planta?

Com este milho não. Este milho é pra galinha comer.

Galinha come milho?

Come, e a galinha de vocês deve tá com fome.

O nome dela é Vanusa, tia, igual você, só que diferente porque você é uma tia e ela é uma galinha.

Tia Vanusa sorriu. Não sei por que a tia ri muito. Ela vive rindo. A mamãe não é assim. A tia desceu a escada e a gente foi atrás dela pra dar milho pra galinha. Ela me deu um pouco na mão e um pouco pro Pedro. A gente foi jogando o milho e a Vanusa foi comendo. Foi muito legal. Eu perguntei se a gente come milho e a tia falou que sim mas que não era pra comer aquele porque era duro que tem que cozinhar antes pra ficar mole. Eu guardei um pouco no meu bolso e de tarde eu me escondi atrás do tanque e comi o milho da Vanusa. Não gostei. Ele era muito duro. Acho que é duro igual às pedras que tem na rua. Uma vez eu caí e machuquei o queixo e era duro igual.

Tia Vanusa me achou escondida atrás do tanque comendo o milho. Deu risada e perguntou se eu queria comer pipoca, que pipoca não ia machucar meus dentes. Eu gosto de pipoca. A tia disse que ia fazer pra gente, mas ela ficou olhando alguma coisa atrás de mim.

Não acredito que ainda está na caixa.

A minha bicicleta, tia?

Aham.

A mamãe disse que depois que a gente tomar a vacina, a gente vai sair na rua e eu vou aprender a andar de bicicleta.

Tia Vanusa parou de rir. Ficou pensando. Às vezes a tia pensa muito. E depois ela foi lá dentro. Eu dei o resto do milho duro pra Vanusa e entrei pra comer pipoca. Ela tava fazendo pipoca e tava séria falando no telefone. Depois chamou o Pedro. Foi muito legal. A gente comeu pipoca e a tia colocou um filme na televisão. Depois a gente foi dormir, mas eu não queria dormir. Fiquei com vontade de chegar o outro dia logo. Não gosto de dormir todo dia. Só gosto de dormir quando tá chovendo e eu fico com medo, aí eu deito na cama do Pedro e ele segura minha mão e quando eu durmo não vejo mais o trovão. E só gosto de dormir quando eu tenho sonho. Eu não tenho sonho todo dia. A mamãe disse que o sonho é um presente e a gente não ganha presente todo dia. Ela disse que quando eu tenho um sonho eu tenho que lembrar dele e guardar pra um dia usar. Sonho não é de comer, mas eu já sonhei com comida. Já sonhei com brinquedo também.

Eu tava deitada e lembrando dos sonhos e lembrei que o mano disse que tinha um presente de brinquedo na mala da tia. Aí eu esperei um pouco e levantei, desci a escada e fui lá na sala. Abri a mala da tia e comecei a procurar o brinquedo. Tirei tudo de dentro. Tirei devagar pra não fazer barulho. Não tinha nenhum brinquedo. Acho que a tia esqueceu o presente na casa dela. Eu só achei roupa. Roupa de gente grande, não era roupa de criança. Coloquei tudo no lugar e subi pro quarto pra esperar meu presente de sonho.

Uma vez eu ganhei um sonho que a mamãe fez um bolo de chocolate com cobertura de bala, e na hora que eu ia comer o bolo, ele andava. O bolo tinha perninhas e bracinhos igual uma boneca. Ele andava pela casa toda e deixava cair um montão de bala no chão. Eu peguei as balas e comi tudo e a minha barriga ficou grande e eu acordei com a barriga doendo. Outra vez eu tive um presente de sonho que eu acho que foi o Pedro que me deu. Eu dormi e lá do outro lado eu brinquei com os carrinhos do mano. Ele não tava em casa e eu peguei os carrinhos dele e os meus e brinquei com todos os carrinhos, todos na minha brincadeira, e o Pedro não tava. Brinquei com todos os carrinhos sozinha. Eu gostei desse sonho. Não contei pro Pedro pra ele não brigar comigo. Ele não gosta que eu pegue os brinquedos dele escondido. Eu pego às vezes, mas eu não falo nada.

Não vi a hora que eu dormi. Nunca consigo ver. Acordei no outro dia. O Pedro não estava mais na cama dele. Eu escutei a tia e o mano conversando na cozinha. Peguei dois carrinhos do mano na gaveta dele e fiquei brincando. Uma hora me deu vontade de fazer xixi. Fui no banheiro e dei descarga. A tia me ensinou a usar o papel e usar a descarga. Eu não uso o papel sozinha. É muito chato. O mano não usa. Eu perguntei e ele disse que não usa. Eu também não quero usar. Dei a descarga e fiquei olhando o meu xixi ir embora. Pra onde o xixi vai? Não vai lá pra baixo na sala porque eu já olhei e não fica molhado. Não sei onde ele vai embora. Acho que deve ser pra dentro do mesmo lugar que vai a água da torneira porque ela também desce se enrolando igual meu xixi.

Fiquei com fome e desci correndo a escada, acho que quero comer um bolo de chocolate com bala. Um bolo e um cacetinho. Um bolo, um cacetinho e um leite. Quando cheguei lá embaixo a tia me viu.

Vem cá, quero conversar contigo.

CAPÍTULO 4
A FOTO

Tia Vanusa estava esperando a mana acordar pra conversar com ela. Às vezes a Verô mexe nas coisas dos outros. Ela vive pegando meus carrinhos escondido. A tia me perguntou se eu tinha mexido na mala dela de noite e eu disse que não. Ela sabia que só podia ter sido a Verônica.

Vem cá, quero conversar contigo.

Ela veio devagar com uma cara de quem sabia o que a tia ia dizer, mas que ainda não sabia o que contar.

Foi você que mexeu na minha mala ontem à noite enquanto a gente dormia, Verônica?

Não sei.

Não sabe?

Não. Acho que foi o mano.

Ele disse que não foi ele. Vou te perguntar de novo. Foi você que mexeu na minha mala ontem?

...

Verônica, você não pode mexer assim nas coisas das outras pessoas sem pedir. Eu não gostei do que você fez e quero que você me peça desculpas.

Mas não foi eu, foi o mano.

V-e-r-ô-n-i-c-a. Vou ter que perguntar de novo? Não adianta fazer cara de choro.

Mas...é que...

Verônica!

Tá bom. Desculpa, tia. Mas eu só fui procurar o presente que o mano falou.

Que presente?

O brinquedo que ele disse que tava dentro da sua mala de rodinha. O Pedro disse que tinha um pra mim e um pra ele.

Mas que história de brinquedo e presente? Não se deve mexer nas coisas dos outros. Se eu trouxe um brinquedo é pra eu dar, não pra você ir pegar escondido.

Então tem um presente?

Não importa.

Não tem presente?! O Pedro mentiu de novo. Briga com ele também, tia!

Eu não menti nada!

Mentiu sim! Seu chato mentiroso!

Opa, opa, o que é isso? Já deu! Vamos parar, acabou essa história. Ficamos combinados que ninguém mexe nas coisas de ninguém e pronto. E sem discussão, que temos muita coisa pra fazer hoje.

A tia Vanusa disse que a casa tava muito bagunçada e que também era nossa responsabilidade organizar e limpar as coisas. Perguntei o que era responsabilidade e ela disse que é como uma tarefa da escola que a gente tem que fazer primeiro e brincar depois. A gente começou com o guarda-roupa da Verô. Tiramos tudo de dentro e separamos o que era muito pequeno pra dar pra outra criança que fosse pequena. Não parece, mas a gente cresce muito. A tia tirou minhas roupas das gavetas também e pediu pra eu ir separando sozinho enquanto ela ajudava a mana. Eu fiz direito, mas escondi duas camisetas que não dão mais porque quero dar pra mana depois. O papai não gosta. Diz que tem roupa de menino e roupa de menina, mas se ele não está aqui não pode brigar.

Juntamos dois sacos de roupa e fomos arrumar os brinquedos. Meus brinquedos já são arrumados, todos os meus carrinhos eu jogo na gaveta e fecho. Se eu não guardar a mana pega tudo. Limpamos o quarto, a tia lavou o banheiro. Arrumamos a sala, os nossos livros na estante. A Verô ficou cansada e disse que queria brincar. A tia Vanusa pegou uma caixa de fotos e deu pra ela arrumar. Na verdade ela ficou olhando as fotos enquanto a tia passava o aspirador. Ela já estava varrendo o pátio e juntando o cocô da galinha, quando a mana puxou minha camiseta.

Olha.

Quem é?

Acho que é o papai.

É o papai e a tia Vanusa na praia.

Por que a gente não foi junto?

Não sei.

Continuei guardando os copos, a mana encontrou mais um monte de fotos na praia. Umas tinha só o papai, outras tinha o papai e uns amigos, outras só ele e a tia Vanusa. Acho que o papai era muito diferente, nas fotos ele dava muito abraço. Ele nunca me abraça. Acho que ele não gosta mais de dar abraços. Quando eu for grande eu quero gostar de abraço ainda. É bom.

Depois que a casa ficou limpa e arrumada, a tia fez uma limonada e perguntou o que a gente queria comer de almoço. Cada um ia escolher uma parte e todo mundo ia comer o que o outro escolhesse. A Verô disse que queria um bolo de chocolate com cobertura de bala. Tia Vanusa achou mais fácil a gente ir comprar uma Marta Rocha e a mana achou uma boa ideia. Eu disse que tava com vontade de comer cachorro-quente e a tia disse que queria comer uma salada mista. Mas dentro da geladeira não tinha salsicha nem alface. Ainda bem. A gente teve que ir no mercado e eu queria muito sair de novo pra rua.

Fiquei muito feliz com minha máscara colorida, eu li a placa "Lima e Silva". Na porta do mercado tinha um moço bonzinho dando álcool gel pra todo mundo. Muito legal. Lá dentro a gente pegou nossa comida, papel higiênico e sabonete líquido, e a tia foi no corredor do papai. Olhou o preço de tudo e pegou umas latinhas, eu li "Polar". A tia também gosta do mesmo refrigerante de adulto igual o papai, só que ela pegou só três, o papai pega um monte. Uma vez eu provei o refrigerante de adulto, eles chamam cerveja. O papai deixou o copo dele perto do meu e eu errei. Era muito ruim, tinha um gosto amargo. Não sei como ele gosta tanto, eu não gostei não. Vai ver que é por isso que depois de beber tanto ele fica nervoso. Deve ser porque depois de beber um monte de cerveja ele percebe que o meu era melhor e por isso fica com raiva de mim.

Uma vez ele ficou com tanta raiva do meu refrigerante ser melhor que o dele que ele me bateu. No dia seguinte ele acordou no sofá, tomou banho e veio no quarto. Eu tava brincando com meus carrinhos e os carrinhos da Verô, mas disse que eram só meus. Ele perguntou se eu tava bem, eu disse que sim. Aí ele pediu desculpa e eu disse que ele podia ficar com meu refrigerante da próxima vez. Mas eu acho que ele não queria porque começou a chorar. Acho que o papai não aprendeu a chorar direito. Ficou passando a mão nos olhos e parecia que tava chorando pra dentro. Eu falei pra ele que tava tudo bem. Ele tava com os olhos vermelhos me olhando, ficou calado. Depois de um tempão disse que eu era a cara da minha mãe e que tinha que ir trabalhar.

A fila do supermercado tava enorme.A gente demorou um monte pra conseguir pagar. Quando eu crescer eu também quero ter um cartão de comprar. Deve ser muito legal usar porque às vezes as pessoas brigavam na fila só pra passar aquele cartão. Eu perguntei pra tia se eu posso ter um, ela disse que não é bom, que bom mesmo é dinheiro. Eu disse que dinheiro eu já tenho no meu cofre, que queria um cartão. Ela disse que quando eu tiver um trabalho eu posso ter um cartão de crédito. Quero muito ter um trabalho. Um trabalho e um cartão pra comprar um monte de carrinho. Pra mim e pra mana.

Fiquei com vontade de brincar. Ainda bem. A gente já tava chegando em casa. A tia abriu o portão e, quando foi abrir a porta, ela já tava aberta. Ela largou as compras no chão e empurrou a gente pra trás devagar com o dedo levantado na frente do rosto, pedindo pra gente fazer silêncio. Deu um passo pra frente, abrindo a porta lentamente. Quando olhou lá dentro deu um grito.

CAPÍTULO 5
A VISITA

A tia se assustou. Daí depois entrou correndo e abraçou o papai. Eu não sabia que o papai tava em casa. Quando a gente foi pro mercado ele não tava lá e depois tava. Ele disse que tinha vindo fazer uma surpresa de domingo e não tinha ninguém em casa, aí ele ficou lá esperando. O papai me deu um abraço bem apertado e disse que eu tô bem grandinha. Eu sei, já tenho quatro anos e já sei um monte de coisa. Contei que a gente comprou Marta Rocha pra comer de almoço e cachorro-quente e que a gente tem uma galinha, ela se chama Vanusa, igual à tia só que diferente, que o mano penteou meu cabelo, que eu mexi na mala da tia, que ela não gostou e eu pedi desculpas e que a mamãe foi viajar pra encontrar com ele.

Cadê a Ana?

A Ana? Não encontrou com ela?

Encontrei. Ela passou na clínica ontem pra me visitar e levar umas coisas, mas foi embora era umas três da tarde. Ela não veio pra casa?

Não. Aqui não chegou.

E não ligou nem nada?

Ligou, disse que tava contigo, que ia ficar uns dias.

Uns dias? Na clínica? Tá louca?! Não existe isso. Lá não é hotel, não.

Bá! Onde ela tá então?

Não sei, nem me interessa. Tô com meus filhos, tu tá aqui e eu tô morto de fome. O que a gente vai fazer de almoço?

O papai falou me pegando no colo e indo pra cozinha. A gente lavou tudo na pia, menos minha torta, porque ela já tava limpinha, e uma sacola com refrigerante que a tia escondeu na entrada. Acho que ela não queria dividir com a gente. A mamãe não deixa a gente beber refrigerante todo dia. Eu pedi refrigerante e a tia disse que tinha limão pra fazer suco. O mano ajudou a tia a fazer a comida. Acho que ele vai ser cozinheiro. Ele é muito bom fazendo molho de cachorro-quente e salada. Eu ajudei mexendo o suco. Suco de limão que é fruta, mas não é de comer. O papai arrumou a mesa e eu peguei os copos. A gente comeu cachorro-quente com salada. A salada não era muito boa. Eu não gostei da folha verde escuro, era muito ruim. A tia disse que o nome é rúcula. Eca. Rúcula é ruim. Eu não comi. O papai disse que não é ruim, é amarga. Eu acho que amargo é ruim.

Depois a gente foi pra sala escutar música e comer Marta Rocha. Eu só comi um pedaço porque era grande e porque eu não queria que acabasse logo. Comi devagar pra não acabar e depois eu não quis mais. Marta Rocha é bom igual ao bolo de chocolate com bala do meu presente de sonho, só que eu não fiquei com dor de barriga. A gente ficou escutando música no tapete. Eu deitei minha cabeça num lado do colo da tia. O papai deitou no outro lado do colo dela e o Pedro deitou na perna do papai. Acho que a gente comeu muito até ficar cansado.

Eu dormi. Nunca consigo ver quando eu durmo. Não ganhei nenhum sonho, mas ganhei presente. O papai me deu uma boneca de plástico. Passou álcool nela todinha e me deu quando eu acordei. Ele disse que ela já tava seca, que eu podia brincar. O papai deu um carrinho pro mano, eu disse que queria um também, mas ele não quis me dar. Falou pra gente ir lá pro quarto brincar. Ele queria falar coisas de gente grande com a tia Vanusa. Ele nem quis ir olhar a nossa galinha. O papai tem vezes que brinca comigo. Mas tem vezes que ele gosta mais de ficar na sala. Acho que o papai gosta mais da sala que do quarto. Ele dorme na sala um montão de vezes. Eu gosto do meu quarto com o mano.

Uma vez eu e o Pedro ficamos trancados dentro do quarto. A mamãe fechou a porta e perdeu a chave. A gente ficou o dia todo lá dentro. Eu brinquei de carrinho. Depois a gente brincou de pirata e de mercadinho. Eu gosto muito de brincar de pirata. O mano é muito bom pra fazer as brincadeiras. Passou um monte de tempo e eu fiquei com fome. O mano também ficou cansado de brincar de carrinho e de pirata e de mercadinho. Porque a gente comprou as comidas mas era de mentirinha. Aí o mano pediu pra mamãe abrir a porta porque a gente tava com fome e ela disse que não podia ainda. Ele perguntou por quê. A mamãe disse que não tinha encontrado a chave. O papai fez uma mágica pra chave sumir e não sabia fazer a mágica ir embora.

O papai é um mágico. Ele já fez uma casinha pra minha boneca com a caixa do sapato do mano. Eu pedi uma casinha pra minha boneca e ele fez uma mágica com a caixa. Foi muito rápido, eu pedi e ele fez com uma caminha e uma piscina. Muito linda. O papai também sabe fazer a gente voar. Eu vou bem lá no alto, quase no teto. Não sei se o mano sabe voar. Também nunca vi o papai voando, mas acho que ele sabe voar igual. Tem vez que ele sai de casa e demora pra voltar. Deve tá voando e vai longe longe e um montão de tempo depois ele fica perdido igual às crianças da minha história. Só que as crianças da história elas pegam e puxam um barbante e voltam. Eu nunca vi o papai sair de casa com um barbante. Vou falar pra ele levar um da próxima vez. Aí ele usa o barbante e volta cedo pra casa.

A gente brincou um monte e eu fiquei com fome. Chamei o mano pra ir pra cozinha comer Marta Rocha, ele não quis. Eu falei que ia sozinha que eu já sou grande. Ele disse que o papai ia brigar comigo porque não era pra descer. Disse que o papai quer falar coisas com a tia Vanusa e não é pra gente descer. Tem vez que o mano mente. Eu desci a escada bem devagar. O mano é um chato. Ele não sabe de nada. O papai gosta de mim, não vai brigar nada. Eu não fiz barulho. Nem o papai nem a tia me viu. Eu fui na cozinha, peguei um pedaço de torta bem grande e me escondi atrás do tanque. Comi a torta todinha. Ela é muito boa. Eu gosto muito de quando a gente come torta na janta. Queria comer torta todo dia. Torta e bolo de chocolate com cobertura de bala.

Eu peguei o saco de milho da Vanusa. Dei milho pra ela e fiquei falando com ela. Acho que tem vez que ela fica muito sozinha aqui fora. Vou pedir pro papai fazer uma mágica de casa pra nossa galinha. Vanusa vai gostar muito. Uma casinha amarela com cama e piscina, bem linda. Cama, piscina e uma geladeira cheia de milho. Eu tava falando da casa que o papai ia fazer pra Vanusa e escutei um trovão. Me deu medo. Olhei pra cima e o céu ficou todo branco bem rápido e depois escuro de novo. E depois todo branco e fez um barulho. Entrei em casa com medo pra pedir pro papai fazer a mágica pra Vanusa antes da chuva. Ela também tava com medo.

Quando eu entrei em casa tava tudo escuro. Eu apertei o botão da luz e não funcionou, a luz não ficou clara. Aí eu fui até a outra porta da cozinha e apertei o outro botão e ele também tava quebrado. O céu ficou todo branco e eu vi tudo claro no corredor. Fiquei parada na porta com medo. Eu quis chamar o mano e bem na hora veio o barulho forte do trovão e um grito. O céu ficou todo branco de novo e eu corri pra porta da sala pra chamar o papai. Quando eu cheguei o papai tava sem roupa e a tia Vanusa também.

CAPÍTULO 6
A CHUVA

A Verônica é muito teimosa. O papai disse pra gente não descer e ela foi lá embaixo. Ela tá demorando muito, se o papai descobre que ela desceu vai ficar nervoso. Ela tá demorando muito. A luz apagou. Pensei que a Verô queria me botar medo e disse que não tinha ficado com medo nem nada, pra ela ligar a luz de novo. Ninguém respondeu.

Verônica? Você tá aí?

Ninguém tava lá. Tudo escuro e a mana lá embaixo. Fez um barulho forte de trovão e depois mais clarão no céu. Eu chamei ela lá de cima, mas acho que ninguém me ouviu. Fiquei com medo de não ter mais ninguém em casa. E se todo mundo foi embora e me deixou aqui sozinho no meio dos trovões? Começou a chover bem forte. Chamei de novo bem alto o nome da mana e não escutei nada. Ela não respondeu. O papai não respondeu nem a tia. Fiquei com medo de todo mundo ter ido embora. Fui colado na parede do corredor até o alto da escada. Um clarão me fez ver lá embaixo. Tudo vazio. Ninguém dentro de casa. Desci a escada devagar. Eu tava com tanto medo.

Quando eu cheguei na porta da sala eu vi o papai só de calção e tia Vanusa tava arrumando a roupa dela. Eu fiquei muito feliz que eles não foram embora. Corri chorando pra abraçar o papai. Tava muito feliz que eles não me esqueceram sozinho. Ele me empurrou e brigou comigo.

Para de chorar! Um homem do teu tamanho com medo de uma chuvinha dessas.

Deixa o menino em paz, Paulo.

Era só o que me faltava. Faltou luz.

Vem cá, querido, não precisa ficar com medo do trovão.

Merda, vou ter que ir ver o disjuntor.

Tá tudo bem, Pedro, não precisa ficar assim. Cadê a Verô?

Não sei. Eu vim procurar ela.

Como não sabe? Moleque imprestável.

Calma, Paulo, não precisa falar assim com ele.

É um inútil. Só atrapalha minha vida!

Eu chorei muito porque o papai tava brigando comigo, mas chorei mais porque eu não sabia onde a mana tava e fiquei com medo de ela tá machucada. Fiquei com medo do papai me dar uma surra. Fiquei com medo da tia ir embora e eu ficar lá sozinho com o papai. Eu senti muita saudade da mamãe e chorei mais. A tia me levou pra cozinha, me deu um copo d'água. Perguntou o que tinha acontecido e eu disse que a Verônica tinha descido pra comer Marta Rocha. Só que ela demorou muito e faltou luz e eu não sabia onde ela tava e fiquei com medo. A tia Vanusa disse que ia ficar tudo bem. A luz já ia voltar e a gente ia achar a mana. Ela devia tá escondida com medo do trovão.

A luz voltou. A gente procurou a Verô na casa toda. Procurei no quarto, embaixo da cama, dentro do roupeiro. Olhei no banheiro, no chuveiro, na sala, atrás do sofá. Na cozinha, atrás da geladeira. Ela não tava. Ninguém sabia o que tinha acontecido. A mana é muito teimosa, mas eu gosto dela. Eu não quero que ela vá embora. Eu quero que ela volte. Eu chorei escondido do papai. A gente chamou a mana na rua, mas a porta tava fechada, a tia disse que se a porta tá fechada é porque ela tava em casa. Tava chovendo muito. Eu tava com medo de nunca mais ver a mana. Tava com medo igual a vez que a mamãe me esqueceu na casa da vovó.

Eu era pequeno. A tia Vanusa veio aqui em casa e a mamãe tava fazendo um bolo. Ela disse pra eu ir brincar no quarto, acho que eu fui, não lembro direito. Lembro que uma hora eu desci porque fiquei com vontade de comer o bolo e vi a mamãe chorando. Ela chorava e gritava com a tia Vanusa. Não lembro o que ela tava falando, mas ela tava muito nervosa. Acho que a tia fez alguma coisa muito séria. Aí eu entrei e fui pedir bolo pra mamãe, mas ela não quis me dar. Me pegou pelo braço e a gente foi visitar a vovó. A tia Vanusa ficou em casa, acho que não quis ir com a gente porque a mamãe tava chorando e gritando com ela. A vovó me deu leite com chocolate e eu comi bolinho de chuva. Foi muito bom. Eu dormi lá e no outro dia quando eu acordei a mamãe tinha esquecido de mim.

Gritei mais alto que a chuva pra Verô saber que eu não esqueci dela. Disse que ela podia brincar com os meus carrinhos se ela voltasse. Não adiantou. O papai encontrou a cerveja de adulto que a tia Vanusa tinha escondido. Ficou chacoalhando a sacola do supermercado na frente da cara dela perguntando se ela era louca. Se ela estava fazendo alguma brincadeira. Se eles tinham brincado de esconde-esconde acho que o papai não gostou. O papai nunca foi mesmo de brincar, ele prefere fazer coisas de adulto. O papai só brinca um pouco com a Verô, acho que é porque ela é pequena e ele gosta mais de criança pequena. Ele vive dizendo que já sou um homem desse tamanho. Não sei qual é o meu tamanho. Eu sou maior que a Verô e a mamãe é mais grande que eu e o papai mais grande que a mamãe e a tia Vanusa. Então acho que eu sou meio grande. Mas quando a mamãe me esqueceu na vovó eu era pequeno. Mais pequeno que a mana.

Fiquei com medo lá. Eu chorei porque queria que a mamãe voltasse pra me pegar, mas ela não voltou. A vovó ficou comigo. Me deu um banho e penteou o meu cabelo. Foi muito bom, mas eu ainda tava triste. Até quando a vovó me abraçou e me deu leite com chocolate eu gostei, mas ainda ficava triste. Eu fiquei um tempão na casa da vovó. Não lembro quanto tempo, às vezes a mamãe pergunta se eu quero ir lá e eu digo que não. Fico com saudades da vovó, mas eu fico com mais medo dela me esquecer lá de novo. Um dia a mamãe voltou lá pra me pegar, pediu desculpa e disse que não tinha vindo antes porque estava preparando uma surpresa. Um presente. Quando a gente chegou em casa a tia Vanusa estava segurando um bebê. A mamãe disse que era a Verônica e que agora eu tinha uma irmã pra brincar. Mas ela era muito pequena, não sabia brincar nem nada. Demorou um tempão pra mana saber brincar. Foi chato. Mas agora é legal.

Quero que a Verô volte pra dizer pra ela que agora é legal. O papai tava muito nervoso gritando com a tia Vanusa. Subi pro quarto e fechei a porta pra não escutar. A chuva estava parando e o barulho da água lá fora ia ficando pequeno, ficando pequeno, igual eu aqui. Sentei encolhido entre o pé da cama e o armário. Quando o papai fica nervoso às vezes ele me bate e eu não quero apanhar. Não fiz nada, a mana desceu sozinha, eu falei pra ela não descer e ela é teimosa. Acho que a chuva parou. Eu escutei um silêncio. Nada de grito, nada de chuva. Só o silêncio. Fiquei olhando os dedos do meu pé. Eles são gordinhos e pequenos. Minha unha tá suja. Cutuco com a unha do dedo da mão que também está um pouco suja pra tentar tirar a sujeira da unha do pé. Consigo tirar a metade, a outra metade da sujeira entrou mais pra dentro. Enfio de novo a unha pra limpar a unha do pé. Não deu certo. Tento de novo e agora foi quase. Só mais um pouquinho e... O papai me levanta do chão pelo braço.

CAPÍTULO 7
A REUNIÃO

Quando começou a chover a Vanusa ficou muito assustada, e como o papai tava ocupado conversando pelado com a tia Vanusa na sala, fiquei com medo de pedir pra ele fazer a mágica de casa pra ela. A nossa casa toda escura e aquele barulhão de trovão, eu e a Vanusa nos escondemos embaixo do tanque pra ninguém saber onde a gente tava e o que a gente tinha olhado na sala. A mamãe sempre diz que não é pra ficar sem roupa na frente dos outros, que pra tomar banho pode, pra não ficar com a roupa toda molhada, mas na frente das outras pessoas a gente tem que se vestir. Por que a tia Vanusa e o papai tiraram a roupa na sala? Será que a chuva molhou a roupa deles? Eles não pareciam molhados.

A Vanusa está muito confusa com o barulho, eu tentei cantar uma música pra ela mas não consigo lembrar da música que a mamãe cantava pra mim. Acho que agora que o papai veio pra casa e não tô mais com saudade dele, eu tô com mais saudade da mamãe. A saudade pulou só pra ela agora. Pra mamãe e só. Bem que a tia Vanusa podia morar com a gente também. Se a tia Vanusa morasse com a gente, e a Vanusa, e o papai aqui, todo mundo junto eu não ia mais sentir saudade. Acho que eu ia só sentir fome pra comer bolo e vontade de brincar de carrinho com o mano, vai ser bem legal quando a mamãe chegar.

A chuva fez mais barulho e eu senti o vento batendo na madeira lá fora. Um pouco de água tava molhando e entrando pelo chão aqui embaixo, a Vanusa foi bem pro cantinho. Eu fui pro outro cantinho e a gente ficou bem encolhidinhas. Coloquei o dedo na água, tava gelada. Fiquei passando o dedo na água pra lá e pra cá. Pra lá e pra cá. Fiz uns desenhos de bolinha, um monte de bolinhas e depois um quadrado. Uma bolinha e um quadrado. Uma bolinha e dois quadrados. Uma bolinha, um quadrado, duas bolinhas, dois quadrados, três bolinhas... errei, fiz um quadrado e esqueci qual vinha depois e a luz acendeu.

Verônica! Mas graças a deus, te achei! O que é que você estava pensando, minha filha!

A tia Vanusa encontrou eu e a Vanusa embaixo do tanque. Agora ela tava de roupa e com uma cara diferente. A tia tava com uma cara preocupada, parecia que tinha perdido um brinquedo, o mano fica com aquela cara quando acha que eu escondi os carrinhos dele. Eu falei pra ela que a Vanusa, não ela que é uma tia, a galinha, tava com medo da chuva e a gente ficou lá pra não se molhar e ela não ficar sozinha. Ela ficou me abraçando e beijando, um monte de abraço e beijo e não deu nem um beijinho na Vanusa. Me levou lá pra dentro e disse que a gente tinha que ir tomar um banho quente pra trocar aquela roupa molhada que tava frio pra eu não ficar doente. Perguntei se eu ia tomar banho de roupa ou pelada, ela disse que tinha que tirar a roupa.

Perguntei se a gente tem que tirar a roupa na sala ou no banheiro, e a tia falou que a gente tira a roupa no banheiro pra tomar banho. Aí eu fiquei olhando pra tia, e disse que eu achava melhor todo mundo tirar a roupa só no banheiro mesmo.

Eu tomei banho e a tia me colocou pra dormir. Não vi a hora que eu dormi, porque eu tava pensando como a Vanusa devia tá chorando lá embaixo sozinha, no frio. Eu queria descer e trazer ela pra ficar comigo no quarto com o mano também, que aqui tava quentinho, mas eu não vi e dormi. Não tive nenhum presente de sonho e foi muito rápido, já tava de manhã. O Pedro tava na cama dele brincando com o carrinho novo que o papai tinha dado pra ele. Eu sentei na cama com ele e perguntei se eu podia brincar também, ele disse que não que o papai não gosta que eu brinque com os carrinhos, que eu sou menina, o papai quer que eu brinque com a boneca que ele comprou. Eu falei pro mano que a boneca é chata, que ela não tem rodinhas, e o carrinho tem rodinhas e é muito mais legal. O mano disse que ia colocar umas rodinhas na minha boneca pra mim e eu fiquei feliz.

A gente desceu pra ir procurar umas rodinhas pra colocar na minha boneca, e não vimos nem a tia Vanusa nem o papai. Eu achei que o papai gostava mais da sala, mas ele não tava dormindo na sala dessa vez. Não sei onde ele dormiu, porque embaixo do tanque com a galinha ele também não tava. Nem no banheiro. A gente abriu a caixa de coisas mágicas do papai pra procurar umas rodinhas e o mano achou três pra minha boneca. Eu queria quatro, comecei a chorar, porque eu queria quatro e só tinha três, mas o mano falou que depois ele ia encontrar outra e primeiro a gente tinha que colocar aquelas três, aí eu parei de chorar pra ajudar ele.

A minha boneca já tinha uma rodinha em um pé e no outro pé, o mano tava procurando mais barbante pra amarrar a outra rodinha quando a tia chamou a gente pra tomar café. Eu dei um grito e queria mostrar pra tia Vanusa a mágica que o Pedro tava fazendo pra mim, mas ele disse pra eu não falar nada, que era segredo pro papai não brigar com ele. Eu disse pro mano que o papai não ia zangar, o papai gostava que eu brincasse de boneca. Mas ele disse que não queria, que era pra ser uma surpresa depois. Aí eu falei que tava bom, e que tava com fome, pra gente ir tomar café logo.

Tia Vanusa fez café com leite e açúcar pro Pedro e leite com chocolate pra mim. A gente tava esperando o pão de queijo do forno quando eu escutei um barulho na porta. Adivinhei que era a Vanusa, mas não era. Depois adivinhei que era o papai, e não era de novo. Daí escutei a voz da mamãe pelo corredor. Saí correndo e abracei as pernas dela assim que ela abriu a porta da sala. A mamãe tava linda e cheirosa. Me pegou no colo, me deu um beijo e entrou junto com um homem. Ele era cheiroso também. Deixou umas sacolas na entrada e me trouxe pra cozinha enquanto eu contava tudo. Disse que tinha ficado com saudade, que a gente foi na feira, que o Pedro penteou meu cabelo, que a gente comeu Martha Rocha e assistiu filme e que quando choveu eu me escondi embaixo do tanque com a Vanusa e na hora que eu ia dizer… A mamãe me colocou na cadeira, abraçou e beijou o Pedro, pegou na mão do moço cheiroso e olhou pra tia Vanusa:

Oi.

Oi.

Mana, esse aqui é o Lúcio.

Onde você estava? De onde esse cara saiu?

Não importa. Eu passei anos cuidando do que era seu, pra você viver como bem entendia, agora é sua vez de cuidar enquanto eu vivo.

Ana, pelo amor de deus, na frente das crianças não. Tá maluca? Some vários dias e agora...

Olha só, baixa sua bola. Não vim brigar, pelo contrário. Vim pela paz, vou lá pro meu quarto, e não me incomode.

Não!!! No seu quarto não!

A tia Vanusa deu um grito e deixou os pães de queijo cair no chão. A mamãe nem ligou, acho que não estava com fome igual a gente. Ela puxou o amigo dela pela mão e já estava na escada. Tia Vanusa parecia que queria brincar de estátua, mas a mamãe não queria brincar com ela. Na hora que a mamãe tava bem no meio da escada eu corri pra lá pra dizer o resto que eu não tinha falado:

Na hora da chuva eu me escondi embaixo do tanque com a galinha porque ela tava com medo do trovão e a gente viu a tia Vanusa e o papai pelado na sala!

A mamãe arregalou os olhos parada no meio da escada perguntando o que eu falei bem na hora que o papai saiu do quarto e gritou:

Que palhaçada é essa aqui?!

CAPÍTULO 8
A FESTA

Quando o papai gritou da escada eu me encolhi na cadeira. Odeio quando o papai grita. Quando a Verônica fala demais e interrompe todo mundo. Quando a tia Vanusa me olha como se eu tivesse doente. Quando a mamãe me abraça sem me olhar direito. Quando o papai me puxa pelo braço, chora, e pede desculpas e eu nunca sei do que é. Quando um estranho entra na nossa casa.

Paulo! Porra! O que tu tá fazendo aqui?

Eu é que te pergunto o que você está fazendo aqui depois de sumir por dias, e ainda bancando a vagabunda, Ana?! Dentro da nossa própria casa?!

Nossa casa, Paulo? Nossa casa?!

O que é que você tem na cabeça? Quanto tempo ficou planejando essa escapadinha?

Talvez não o mesmo tempo que tu precisou pra realizar teu sonho de familiazinha perfeita com a sonsa da minha irmã!

Lá vem você de novo com essa história, não esquece que foi você mesma que começou...

Pois é, e agora eu cansei... seu filho da puta!

O papai e a mamãe estavam gritando na escada quando eu vi a mamãe pegando o celular pra ligar pra alguém. O papai tava com muita raiva, quando viu pra quem a mamãe tava ligando pulou em cima dela, o moço estranho pulou em cima do papai e a tia Vanusa pulou em cima do moço. No meio do barulho a Vanusa começou a correr de um lado pro outro no pátio e eu puxei a Verô pelo braço pra tirar a gente do barulho.

Ela tava chorando e pedindo pra parar, mas eles não paravam. Levei ela pra fora, peguei a boneca dela e perguntei se ela queria brincar comigo, ela não parava de chorar e passava a mão nas orelhas. Eu tava com medo e quando eu fico com medo eu nunca sei o que fazer.

Me deu uma vontade estranha de sair correndo, de abrir o portão e sair correndo. Mas eu não podia deixar a mana sozinha chorando. Puxei ela pra perto da areia da Vanusa. A Verô e a Vanusa são amigas, a gente tem que ficar junto enquanto o barulho não acaba. Peguei um graveto pra brincar de escrever com a mana. Dei o graveto na mão dela e tapei as nossas orelhas juntinhos. Ela começou a desenhar um monte de círculos. Uns dentro dos outros e mais outros fora. Muitos círculos. Pouco tempo depois a Vanusa veio perto e sentou dentro de um círculo grande como se fosse em cima de uma almofada.

O barulho ficava grande e pequeno, grande e pequeno, igual os círculos da Verô, teve uma hora que ficou um pouco pequeno e aí fez um pá bem forte e depois tocou a campainha. Na hora que a campainha tocou todo mundo ficou em silêncio. Eu não sabia quem era. A campainha tocou de novo e eu escutei um shhhhhiiii, uns passos na cozinha e a tia Vanusa indo abrir o portão:

Oi, querida, que surpresa!

Você não me ligou ontem, fiquei preocupada.

Ah, está tudo bem, tudo na mais perfeita ordem, só me distraí um pouco com a família.

Vim como prometido, com todas as ferramentas pra montar a bicicleta da tua afilhada.

Muito obrigada, amor, entra, deixa eu te apresentar minha família.

É, porque fica dizendo pra marcar e se esconde atrás da desculpa da quarentena...

Pessoal, essa aqui é a Cláudia, vocês sabem... minha namorada.

Oi, Cláudia!!!

Essa é a Ana, minha irmã, o Paulo, meu cunhado, e o Lúcio...

Oh, Lúcio, não sabia que vocês se conheciam, quanto tempo…

Pois é, Claudinha, eu e o Paulo temos uma paixão em comum.

Aaaaaaah, legal. O quê?

…

…

Ciclismo, oras.

Uma moça muito bonita entrou no pátio. Ela tirou um monte de coisas mágicas de dentro da bolsa dela e sorrindo começou a montar a bicicleta da mana. Eu nem sabia que dentro de uma caixa cabia tanta coisa. O papai, a mamãe, ninguém falava nada. Acho que todo mundo ficou cansado de gritar e fazer barulho. Todos ficavam se olhando em silêncio enquanto a moça estava fazendo uma bicicleta inteirinha. Quando ela terminou a Verô esqueceu a boneca de rodinhas na areia da Vanusa e ficou pulando pedindo pra andar na bicicleta lá fora, por favor, por favor, por favorzinho.

O papai e a mamãe não falavam nada, só ficavam lá olhando tudo acontecer. A tia Vanusa abaixou, pegou na mão da mana e perguntou se ela queria testar o presente dela na rua. A moça bonita, a tia, a Verô e eu fomos lá fora com a bicicleta. O amigo da mamãe ficou de longe na calçada, e o papai e a mamãe tavam dentro de casa quando a mana subiu na bicicleta. Fica calma e não coloca a mão na máscara era o que a tia mais repetia. Ela foi pedalando e a tia Vanusa com uma mão segurando no banco e a outra no guidão pra mana não cair. Uma. Duas. Três vezes. Mais uma volta e a tia soltou o guidão e foi acompanhando a mana com a voz.

Eu estou aqui, filha. Bem aqui contigo. Sempre aqui ao teu lado.

Você já viu uma menina pequena andando de bicicleta? Parece um acontecimento meio bizarro, mistura de algo natural por ter pernas, mas desesperado por lhe faltar confiança. Verônica era tão pequena e mesmo assim ia tão rápido, parecia que a Travessa era pequena para ela. Pedro que sempre quis ver a mana feliz sabia que aquilo era uma verdadeira festa. Uma rua, uma menina e uma bicicleta.

Você já viu uma galinha voar?

CAPÍTULO 9
O PASSADO

Eu vou dar o nome dela de Verônica.

Verônica é muito feio. Chama ela de Anita.

Você quer que eu chame a minha boneca com um nome que parece o seu, Ana.

Claro, meu nome é lindo.

Não. Eu prefiro Verônica, é um nome muito mais grande e bonito.

Verônica é feio igual a tia do Paulinho. Sua boneca é feia igual ela.

Ana, não fala assim, por que você sempre briga comigo, minha boneca não é feia nada.

Sua boneca é feia sim, igual você e esse seu nome estranho.

As duas meninas passavam quase todo o tempo juntas, brincando no pátio, construindo casinhas que logo se transformariam em bombonieres para venda dos mais variados doces para suas clientes bonecas, e em seguida numa escola onde davam aulas e faziam gincanas com seus alunos ursos de pelúcia. Seu mundo de fantasia avançava as horas dos dias, que pareciam sempre o mesmo, mais um punhado de tempo disponível para brincar.

Assim que Vanusa nasceu, o leite de sua mãe secou e ela foi jogada na distância das crianças que cresceram sendo nutridas por mamadeira. Ana já andava e voltou a engatinhar. Umas mulheres do bairro disseram que era normal, a criança mais velha sente a presença do recém-nascido como uma ameaça, seu espaço de mundo, que era a sua casa, agora tem de ser dividido com outro ser. Dividir não é uma tarefa fácil de aprender por um cérebro imaturo.

Dividir não foi uma tarefa fácil nem quando elas cresceram.

Me dá!

Não, eu tô brincando com ele agora.

Não! Me dá, Vanusa! Não é teu. É meu!

Não é nada, é nosso.

Me dá! Eu quero!

Para, Ana, tá me machucando.

Vanusa cresceu trocando de brincadeira. Se pegava uma boneca, logo Ana queria. Se construía uma ponte, depressa Ana corria para derrubá-la. Se lia um livro. Se aprendia a fazer um bolo. Se ganhava interesse em geografia. Se pedia para ir visitar a casa da vó. Sabe o que acontece com um comportamento repetido infinitas vezes, em diversos contextos? Ceder suas escolhas para Ana e readaptar-se, aos poucos, sem que ninguém tomasse consciência, tornou-se algo natural. Quem sabe a vida era isso, fazer as escolhas da sua própria irmã, antes dela mesma saber.

Quando Paulo beijou-a depois da aula, ela ficou tão confusa que não conseguiu dizer nada. Só saiu correndo para casa e se trancou numa nuvem de silêncio. Alguma coisa tinha acontecido que ninguém poderia lhe tirar. Um beijo. Só um beijo e o mundo estava diferente. Um beijo e o mundo podia ser um lugar onde ela não precisaria mais fazer as escolhas de sua irmã. Um lugar chamado segredo poderia lhe proteger e fazer possível pela primeira vez uma escolha só de Vanusa e mais ninguém.

O namoro escondido ganhava espaço na mesma proporção da ausência de Vanusa na rotina de Ana. A irmã mais velha não estava mais acostumada à sua própria presença, fazia muito tempo que eram as duas, tanto tempo que todas as suas lembranças eram manchadas pela presença de Vanusa. Onde sua irmã estava agora? Na escola? De novo tendo aula de reforço em geografia? Que história era aquela? Não demorou para a solidão tornar-se insuportável para Ana. Não demorou para ela descobrir o som que faziam os lábios de Paulo e Vanusa quando se aproximavam e se distanciavam dando espaço para uma respiração e depois se encontrarem de novo.

Não é que Vanusa não quisesse contar para Ana como estava apaixonada e como Paulo a fazia feliz. Ela queria. Mas o segredo era muito mais seguro. Não é que Ana quisesse destruir a felicidade que via no rosto da irmã quando ela voltava das aulas de reforço. Ela não queria. Mas o segredo era muito inseguro. Não é como se elas soubessem exatamente o que estavam fazendo. Paulo parecia um presente tão bom e frágil na rotina de Vanusa, a sensação era que ao proferir a primeira palavra... Não. Ao imaginar proferir a primeira palavra, todas as paredes da casa colidiriam e as duas seriam esmagadas imediatamente após o pensamento que pudesse um dia dar origem à palavra. Então, cada vez que deixava Paulo, caminhava os poucos metros até em casa se convencendo de contar tudo à sua irmã e cruzava o portão de casa decidida a guardar silêncio.

Não é que Ana não tivesse tentado. Ela tentou. Passou longas semanas sentada esperando Vanusa chegar e contar tudo. Esperou a hora certa de fazer parte de novo da vida de sua irmã. Sentada imaginava os lábios de Vanusa se aproximando dos lábios do namorado, o som que faziam ao se distanciar para que os dois respirassem, até se aproximarem de novo. Aquele som ecoava por toda a casa, dia após dia, dentro daquelas paredes, dentro de cada cômodo, dentro dela própria. Tentou em vão pensar em outra coisa, mas só de não querer que o pensamento nascesse, ela o pariu. O som já a povoava, mas que gosto será que tem? Qual seria a sensação que a língua de Vanusa estava vivendo durante todos aqueles dias? Será que estava dentro da boca dele naquele exato momento? Será que ela e sua irmã nunca mais voltariam a ser parte uma da outra de novo? Emudeceu ao assombro daquela dúvida.

Nada pode ser mais corrosivo que uma dúvida. Nem existe algo mais incandescente que um segredo. O tempo não era exato, nem os dias regulares. O mundo havia mudado e as duas não puderam evitar a colisão das paredes que as esmagariam. Cada fio de cabelo, olho, perna, ombro, costela. Esmagando cada sorriso, cada lembrança compartilhada, cada mão, dedos entrelaçados no amor que construíram uma pela outra. Para tudo desmoronar só é necessário o silêncio de línguas que não se encontram mais. Para o fim só é necessário um beijo. Vanusa sentiu isso no som que fazia a aproximação dos lábios de Ana e Paulo, sem nem respirarem.

CAPÍTULO 10
O VOO

O que sobra depois da festa? Depois que todos se encontram e dizem o que tinham de dizer, e não dizem outro tanto daquilo que não pode ser dito? O que sucede ao retorno de uma viagem, a uma visita furtiva ou a uma estadia de alguns dias? O que resta no tacho quando o tempo do doce passou e em todo paladar a sensação é um fundo rançoso capaz de ranger os molares e crescer em impaciência o vazio das mãos?

A vida de uma galinha não é fácil. Tudo começa no fato de sair do corpo da mãe num processo imaturo de vida. Um ovo. Ser um ovo.

E o que afinal é um ovo? Poderíamos primeiro pensar o que não é um ovo, ou o que ainda não é, para então inferir o que ele poderia ser ou o é de concreto e abstrato sob os limites de sua casca. Um ovo ainda não é um animal. O ovo ainda não é um ser vivo. Mas o ovo é vivo? Passando dolorosamente através de um buraco com diversas funções, tanto de entrada como de excreção, o ovo encontra-se pela primeira vez sozinho no mundo. A solidão de não ser e ainda assim delimitar-se.

Vanusa já foi um ovo como qualquer outra galinha. Um ovo não é sonho, não é fantasia, não é mito nem muito menos lenda. Mas também não sendo ainda um animal, ele só pode ser o que é, apenas. O ovo é somente um ovo. Para além, e somente por isso, de sua casca, todas as negativas do que ainda não pode ser servem somente para lhe encerrar na solidão de uma existência una. Vanusa parecia se lembrar disso naquele dia de festa. Recordou-se de sua essência de ovo.

As crianças se distraíram com a bicicleta, e os adultos, por sua vez, se deixaram distrair pelas crianças. Porém, o dia, com um pouco passar de horas, logo tomba em noite, e o horário avançado é sempre a melhor desculpa para terminar todo tipo de constrangimento ou visita. Como soprados pelo vento, um a um, uma a uma foram se despedindo e se dissipando, abrindo espaços na casa que parecia ter ficado pequena para tantos encontros. O convite para o retorno do silêncio foi feito, apesar de parecer não importar muito. A mãe mais uma vez se preocupando com banho, janta e cama. Ninguém lembrou, ou quis pensar. Ou se o pensamento surgiu como uma pequena faísca, logo se apagou sem energia. Assim, mais uma vez lá estava a galinha Vanusa sozinha como um ovo no quintal.

Você já viu uma galinha voar?

Antes de ser possível seu voo, um processo muito complexo é iniciado dentro da galinha: o retorno à simplicidade. Rodeada pelo mundo infantil, Vanusa chorou, se assustou com chuva, teve medo, sonhou e brincou. Mas ela não é uma criança, ela é uma galinha, e tem de se lembrar disso. Para voar como ave que é, Vanusa caminhou pelos quatro cantos do pátio, deixando para trás as dores que não eram suas, esvaziando-se de mágoas e desejos alheios e guardando consigo, no ínfimo tutano de seus ossos, as lembranças, como faz toda galinha.

Cisca alguns cantos com mais areia, no meio da desordem humana cavouca o chão com suas unhas afiadas em busca da origem. Cisca e bate seu bico algumas vezes na lateral, deslizando-o, como faz toda galinha para limpá-lo e afiá-lo. Cisca sem pensar que está ciscando. Em poucos instantes se esquece de Verônica, de Pedro, da tia, do pai. Se esquece também daquelas outras pessoas desconhecidas. Quanto mais cisca, mais perde de sua humanidade. Encontra algo no chão. Vira a cabeça para ver o que é com o olho esquerdo. Não consegue. Vira a cabeça, como faz toda galinha, para ver com o olho direito. Consegue. Vira a cabeça mesmo assim, diversas vezes para o lado esquerdo, direito, esquerdo, direito. Bica. Bica de novo. Bica. Bica. Bica.

Não podemos mais acompanhá-la. Ela tornou-se mais uma vez animal, talvez não demore para reencontrar sua essência de ovo. Não compreenderemos os processos simples que agora permeiam seu cérebro miúdo. Pois é disso que é feito uma galinha, uma antiga lembrança do que não era ao ser apenas um ovo e miúdos.

Baço, fígado, rins, coração, moela, costelas, pescoço, coxas, sobrecoxas, pés, asas. Galinha tem asa, apesar de nem ser um pedaço nobre, apesar de quase nunca voar.

Você já viu uma galinha voar?

É um acontecimento mágico. A galinha está num pátio qualquer, as pessoas dentro de casa, adultos e crianças, dormem. Cada um preocupado em sonhar seu próprio sonho, cada um envolto de sua própria névoa de complexidade. No pátio, o ambiente das coisas não se esclarece ainda em ser dia, como na presença diurna do sol, nem se aconchegam em ser noite, durante a fuga noturna da lua. Naquele frágil momento que, como uma casca de ovo, parece dividir dois mundos, no instante de sono da consciência, a simplicidade de se ter asas e voar.

COLEÇÃO NARRATIVAS PORTO-ALEGRENSES

1. NA FEIRA, ÀS QUATRO DA TARDE

Luís Augusto Fischer

2. MIL MANHÃS SEMELHANTES

Marcelo Martins Silva

3. CEFALÉIA CERVICOGÊNICA

Caue Fonseca

4. JONAS PASTELEIRO

Rafael Escobar

5. A VIDA E A VIDA DE ÁUREA

Claudia Tajes

6. INFERNINHOS

Tiago Maria

7. DUAS VANUSAS

Nathallia Protazio

8. ELLA

Jane Souza

9. A LENDA DO CORPO E DA CABEÇA

Paulo Damin

10. PÁSSAROS DA CIDADE

Júlia Dantas

Sumário